COLLECTION

FORMÉE PAR

Feu M. T. RODRIGUEZ LARRETA

de Buenos-Ayres

MONNAIES & MÉDAILLES

DE TOUS LES PAYS

VENTE AUX ENCHÈRES PUBLIQUES

A PARIS, HOTEL DES COMMISSAIRES-PRISEURS, RUE DROUOT, N° 9

Salle n° 8, au 1er étage

Le Lundi 18 Juillet 1898, à 2 heures très précises

EXPOSITION UNE HEURE AVANT LA VENTE

COMMISSAIRE-PRISEUR	EXPERT
Me Eugène **BAILLY**	M. Raymond **SERRURE**
Rue Notre-Dame-des-Victoires, 9	Rue des Petits-Champs, 19

PARIS — 1898

IMPRIMERIE MAULDE et RENOU

MAULDE, DOUMENC & Cie

IMPRIMEURS DE LA COMPAGNIE DES COMMISSAIRES-PRISEURS

Rue de Rivoli, 144

400—75 294

CONDITIONS DE LA VENTE

La vente aura lieu au comptant.

Les acquéreurs paieront CINQ POUR CENT en sus des adjudications.

L'exposition mettant les acheteurs à même de juger de l'état des pièces cataloguées, aucune réclamation ne sera admise aussitôt l'adjudication prononcée, sauf le cas d'erreur matérielle.

M. Raymond SERRURE se charge, à ses conditions habituelles (5 % sur la limite), des commissions qu'on voudra bien lui confier.

L'ordre du catalogue sera suivi ou non, au gré de l'expert, qui se réserve, en outre, le droit de réunir ou de diviser les lots.

COLLECTION

DE

M. T. RODRIGUEZ LARRETA

MONNAIES EN ARGENT

1. **France.** Louis XIV, demi-écu. Louis XV, écu. Gaule subalpine, pièce de 5 fr. République ligure, pièce de 4 lires. Ens. 4 p.

2. Gaule cisalpine, écu de 6 lire. Deux exemplaires.

3. Jérôme Napoléon, roi de Westphalie, thaler. Deux exemplaires.

4. Joseph Napoléon, roi d'Espagne, écu de 20 réaux. Deux exemplaires.

5. Félix et Elisa Bonaparte, princes de Lucques, pièces de 5 franchi de 1806 et 1808.

6. **Pays-Bas.** Leeuwendaalder de la ville de Campen, 1685 ; daalder de Zélande, 1792.

7. **Allemagne.** Thaler de la ville d'Augsbourg au nom de Ferdinand III, 1626.

8. Thaler de la même ville, au buste de Ferdinand III, 1642. Pièce évidée formant boîte.

9. Thaler de Chrétien, Jean-Georges et Auguste, ducs de Saxe, 1598.

10. Thaler des ducs de Saxe-Weimar, 1623.

11. Demi-thaler de Frédéric-Auguste de Saxe, comme vicaire de l'Empire, 1711.

12. Thaler de Frédéric de Bavière, pour le Palatinat supérieur, 1547.

13. Thaler de Maximilien-Joseph, duc de Bavière, 1765.

14. Thaler de Maximilien-Joseph, roi de Bavière, rappelant l'octroi de la Constitution bavaroise, 1818.

15. Thaler de Ferdinand d'Autriche, pour le Tyrol.

16. Thalers de l'archiduc Léopold d'Autriche, pour le Tyrol. Deux pièces.

17. Thaler de Jean-Ernest, archevêque de Salzbourg, 1705.

18. Thaler de Sigismond, archevêque de Salzbourg, 1758.

19. Demi-thalers et divisions des archevêques de Salzbourg.

20. Thaler de Salzbourg, 1662 ; évidé et formant une boite.

21. Thaler et division de Maximilien d'Autriche, grand-maitre de l'ordre teutonique. Deux pièces.

22. Thaler de Frédéric, roi de Wurtemberg, 1812.

23. Aix-la Chapelle, Trèves, Brunswick-Lunebourg, etc. Deux tiers de thaler et divisions. Six pièces.

24. Saxe, Hambourg, Lubeck, Bavière, Autriche, Prusse, etc. Thalers et divisions. Quinze pièces.

25. **Suisse**. Thaler de la ville de Zurich, 1728.

26. **États Pontificaux**. *Urbain VIII*. Scudo de 1643.

27. *Clément X*. Scudo de 1675. — *Innocent XI*. Mezzo scudo de l'an VII.

28. *Innocent XII*. Scudi de 1692 et 1693. Deux
pièces.

29. *Alexandre VII*. Scudo.

30. Testons divers des papes du xviie siècle. Six pièces.

31. *Clément XI*. Mezzo scudo de 1702 au type de saint
Crescentin. Autre de 1706. Deux pièces.

32. Scudo de la vacance du Siège pontifical, en 1758.

33. Scudo du peuple et du Sénat de Bologne, 1795.

34. *Pie VII*. Scudo et mezzo scudo.

35. *Pie VIII*. Scudo de 1830. — Scudo de la vacance
du Siège pontifical en 1830.

36. *Grégoire XVI*. Scudi et pièce de 50 baiocchi. —
Pie IX. Pièces de 50 baiocchi et de 2 lire. Ens.
cinq pièces.

37. **Italie**. Écu de Ferdinand II de Médicis, grand-duc
de Toscane, 1665.

38. Écus de Cosme III de Médicis, grand-duc de Toscane, au type du baptême du Christ. Deux
pièces.

39. Écus du même, avec la vue du port de Livourne.
Deux pièces.

40. Scudo de Renaud Ier, duc de Modène.

41. Teston au buste de Guillaume, marquis de Mont-
ferrat.

42. Double-Scudo de Théodore Trivulce, comte de
Misocco et baron de Retegno, 1676.

43. Écu aux bustes conjugués de Charles-Louis, roi
d'Étrurie et de sa mère, 1807.

44. Scudo della croce de Pascal Cicogna, doge de
Venise. Deux exemplaires.

45. Monnaies diverses de Pascal Cigogna, Aloïs Moce-
nigo, Paul Renier, etc. Cinq pièces.

*

46. Pièce de 5 lires de la République vénitienne, 22 mars 1848.

47. Écus divers des rois des Deux-Siciles de la maison de Bourbon. Cinq pièces.

48. Monnaies italiennes divisionnaires diverses. Dix pièces.

49. **Espagne.** Écus et divisions de Charles II à Ferdinand VII. Six pièces.

50. Écus obsidionaux frappés à Gérone et à Majorque, au nom de Ferdinand VII. Deux pièces.

51. **Portugal.** Monnaies diverses de Joseph Ier et de Marie II. Piastre espagnole contremarquée au Brésil. Ens. quatre pièces.

52. **Angleterre.** Couronnes et divisions de Guillaume III à Victoria. Neuf pièces.

53. **Danemark.** Pièce de 5 marcs de Christian V. Spécies et tiers de spécies de Christian VII. Ens. trois pièces.

54. **Russie.** Rouble de Catherine II.

55. Rouble de Paul I. Pièce de 5 zlot pour la Pologne, 1840. — **Turquie.** Piastre. Ens. trois pièces.

56. **États-Unis d'Amérique.** Dollar de 1798.

57. **Amérique espagnole.** Piastre et demi-piastre de proclamation de Charles IV et Ferdinand VII.

58. Piastre obsidionale fr. à Sombrerete, 1813, par le général Vargas.

59. **Mexique.** Pièce de l'empereur Auguste Iturbide.

60. **Amérique centrale.** Piastre de 8 réaux, 1837.

61. **Pérou.** Piastres de 1822 et division. Trois pièces.

62. **Colombie.** Piastres de 1820 et 1834. Deux pièces.

63. **Nouvelle-Grenade.** Piastres. Trois pièces. — **Chili.** Peso de 1817.

54. Monnaies divisionnaires diverses des états de l'Amérique du Sud. Douze pièces.

65. **Extrême-Orient.** Lingots monétaires divers. Trois pièces.

66. Petites monnaies de Turquie et du Pérou, en or. Deux pièces.

MÉDAILLES EN ARGENT

67. **France.** Jetons de Philippe, duc d'Anjou, infant d'Espagne ; de la Caisse d'Escompte ; de la Société d'Horticulture de Paris ; de la Compagnie d'assurances générales de Paris ; de la Loge anglaise de Bordeaux, etc. Six pièces.

68. Médaille par Bückler, au buste du Premier Consul, en souvenir des paix de Lunéville et d'Amiens.

69. Médaille par Manfredini, au buste de Napoléon Ier, à l'occasion de la prise de Vienne.

70. Médaille par le même, à l'occasion du mariage de Napoléon Ier et de Marie-Louise.

71. Médaille offerte par la ville de Spalato au général Marmont.

72. Médaille par Santarelli, au buste de Marie-Louise d'Autriche, princesse de Parme.

73. Triomphe de la Vérité sur le Jésuitisme. Médaille par Pingret, en souvenir de la Révolution de Juillet 1830.

74. Médailles relatives à la même Révolution et au second Empire. Trois pièces.

75. **États Pontificaux.** *Clement XII.* Très belle médaille de l'Académie de peinture, sculpture et architecture, au buste du pape et au type de saint Luc, par Hameranus. La médaille est formée d'un centre en argent enchassé dans un contour de bronze doré.

76. Médaille au buste du même. ℞. ADMINISTRATORVM COMMODO ET EQVITVM STATIONIBVS. Edifice.

77. *Benoît XIV.* Son buste. ℞. EGO IVSTITIAS IVDICABO. La Religion et la Justice.

78. *Clément XIII.* Son buste. ℞. ADVENTVS PONTIFICIS CENTVMCELL. Vaisseau, jonque et chinois debout sur la rive.

79. *Clément XIV.* Son buste. ℞. FRVCTVM ATTVLIT IN PATIENTA. Palmier.

80. Même buste. ℞. LIBERALITATE SVA. La Papauté assise, tenant une corne d'abondance.

81. *Pie VI.* Son buste. ℞. MORIB. CASTIGAND. JUVANDIS. ARTIB. TRESENSES. Edifice.

82. Même buste. ℞. LAVRENTIS A BRVNDVSIO. IOHANNA BONOMIA. M. ANNA A IESV. Les trois nouveaux bienheureux.

83. *Pie VII.* Son buste. ℞. La sépulture de saint François et deux autres médailles.

84. PIVS VII. P. M. HOSPES NEAPOLINIS IMP. Son buste à dr. ℞. Vue de Notre-Dame de Paris.

85. *Léon XII.* Trois médailles à son buste.

86. *Grégoire XVI.* Son buste à dr. ℞ PACIS ET RELIGIONIS AMOR. La Paix et la Religion debout. Deux exemplaires.

87. *Pie IX.* Les statues de saint Pierre et de saint Paul au Vatican, 1847.

88. Construction du pont d'Albano, 1851. Et deux autres médailles.

89. Médaille de prix du séminaire de Rome.

90. **Sardaigne.** Buste de Victor-Amédée à dr. ℞. SCEPTRI COLUMEN ET DECUS. Trois figures debout. Médaille par J. Dassier. Deux exemplaires.

91. Victor-Emmanuel Ier à cheval. ℞ COHORS EQUITATA SINGULARIUM REGIS NOBILIUM VOLONTARIORUM, 1814.

92. Médailles diverses relatives à des institutions scientifiques ou à des personnages célèbres de l'Italie. Cinq pièces.

93. **Suisse.** Médaille de la Société de tir de la ville de Zug.

94. **Allemagne.** Moïse debout devant le buisson ardent. ℞. L'Adoration des Mages. Médaille du xvii siècle, fondue et reprise au burin.

95. Médaille aux bustes de Luther et de Mélanchton.

96. Médaille au buste du célèbre médecin viennois André-Joseph de Stifft.

97. Médaille au buste de Jenner, l'inventeur de la vaccine.

98. Médaille du couronnement de l'empereur François Ier.

99. Fondation, à Vienne, de l'Institut Polytechnique, 1815.

100. Naissance du fils de Joseph, roi des Romains, en 1700.

101. Médailles allemandes diverses. Sept pièces.

102. Médailles religieuses allemandes ou italiennes. Six pièces.

103. **Pays-Bas.** Médaille au buste du comte de Leycester, gouverneur.

104. Paix de Ryswyck. Académie de dessin de Courtrai. Deux pièces.

105. **Brésil.** Médaille octogone offerte en 1856 par les habitants de Petropolis au docteur N. Touzet, en récompense des services rendus à la santé publique.

106. **Buenos-Ayres.** Proclamation de Ferdinand VII.

107. Médailles diverses relatives au Brésil, à la République Argentine et au Pérou.

MÉDAILLES EN BRONZE

108. DVX KAROLVS BVRGVNDVS. Buste de Charles-le-Témé-raire. ℞. IE L'AI EMPINS BIEN EN AVIENGNE. Bélier entre deux briquets.

109. Buste d'Henri IV. ℞. PACE TERRA MARIQVE PARTA. La Paix deb. auprès d'un autel.

110. J. B. PO^in DE MOLIÈRE. Buste de Molière à g. Uniface.

111. Buste à dr. de Didon. ℞. Vue d'une ville.

112. DIVA ANTONIA BAVTIA DE GONZ. MAR. Buste d'Antoi-nette Gonzague à dr. ℞. SVPEREST SPES. Figure nue dans un char marin.

113. Buste de Philippe II, roi d'Espagne à g. ℞. HINC VIGILO. Bellérophon tuant la Chimère.

114. Buste d'Hercule d'Este à g. ℞. SVPERANDA OMNIS FORTVNA. Figure deb. auprès des attributs de la Science et des Arts.

115. EGO SUM LUX, etc. Buste du Christ à g. ℞. Le Christ deb. tenant la croix.

116. DOMINIC. FONTANA. CIV. RO. COM. PALAT. ET. EQ. AVR. Buste à d. ℞ EX. NER. CIRC. TRANSTVLIT ET EREXIT. Obelisque.

117. IO. BAP. VALENZVELA. REG. RE. CANC. Buste à dr. ℞. L'Honneur et la Vertu debout.

118. Buste à g. de l'empereur Charles-Quint. Uniface.

119. ASCANIVS. MA. CAR. SFOR. VICECOS. RE. VICECANCE. Buste du cardinal à dr. ℞. SACER EST LOCVS ITE PROPHANI. Personnage deb. auprès d'un autel.

120. FRA. TABERNA. CO. LANDR. MAGN. CANC. STA. MEDIO. AN. L. Buste à dr. ℞. IN CONSTANTIA ET FIDE FELI-CITAS. Chien assis. Médaille par P.-P. Romano.

121. IACOBVS CAVVANUS. Buste à dr. Uniface.

122. IVLIA BAROTIRI DE BAIARDI. Buste à g. Uniface.

123. ANDREAS DORIA P. P. Buste de l'amiral, drapé à l'antique, à dr. ℞. Galère.

124. Buste à g. d'Antonio Laeva, général de Charles-Quint en Italie. ℞. La Renommée debout.

125. THOMAS PHILOLOGVS RAVENNAS. Buste à dr. ℞. A. IOVE. ET. SORORE GENITA. Aigle, etc.

126. LIVIVS ODESCALCVS INNO. XI. NEP. Buste à dr. ℞. DVX CERE. La Sécurité assise.

127. IOANNES CORNELIVS DVX VENET. Buste du doge à g. ℞. CREATVS ANNO MDCCIX, etc., en six lignes.

128. FRANC. I. PAR. ET. PLAC. DVX. Buste à dr. ℞. La Religion et la Justice assises. Br. doré.

129. Buste de Frédéric de Hesse, cardinal et évêque de Breslau. ℞. PRO DEO ET ECCLESIA. La Religion deb.

130. VINCENTIVS S.R.E. DIAC. CARD. COSTAGVTVS. Buste à dr. ℞. Vue d'un palais.

131. SAPIENTIA IN PLASTEIS DAT VOCEM SVAM. MDCLXII. Obélisque. Uniface.

132. Médaille uniface au buste de Marie-Madeleine d'Autriche, grande duchesse de Toscane.

133. Médailles ovales unifaces au buste du pape Paul II. Deux exemplaires.

134. Buste du pape Pie V à g. ℞. L'Immaculée conception. Médaille de grand module.

135. Médailles en bronze doré au buste de Pie V. Deux pièces.

136. Buste de Sixte V à dr. ℞. La Sécurité assise. Br. doré.

137. Grande médaille uniface, par Lucenti, au buste du pape Innocent XI. Br. doré.

138. Médailles diverses de papes. Cinq pièces.

139. Buste de Gui Potier, conseiller des rois de France et de Pologne. ℞. A NOMINE VIRTVS. Torche et massue en sautoir. Deux exemplaires.

140. Grande médaille par M. Soldani, au buste de Francesco Redi, patricien d'Arezzo.,

141. Grande médaille au buste de la Vierge.

142. Grandes médailles unifaces aux bustes de François et de Cosme III de Médicis, grands ducs de Toscane.

143. Grandes médailles aux bustes de personnages italiens divers. Cinq pièces.

144. Médailles diverses au buste de Victor-Amédée III, roi de Sardaigne. Cinq pièces.

145. Médailles diverses au buste de l'impératrice Marie-Thérèse. Cinq pièces.

146. Médailles historiques autrichiennes en bronze doré. Trois pièces.

147. Prise de la Bastille. ℞. Arrivée du roi à Paris. Médaille par Andrieu. Br. doré.

148. Médaille ovale de membre du Conseil d'État, sous le Consulat. Br. argenté.

149. Médailles diverses au buste de Napoléon Ier et de Marie-Louise. Quatre pièces.

150. Canova, Boucheron, Lagrange, Académie de Valenciennes, Christine de Suède, Charles IV d'Espagne. Sept pièces.

151. Médailles par Saint-Urbain aux bustes du Régent et d'Élisabeth-Charlotte d'Orléans. Trois pièces.

152. Jean-Georges III, duc de Saxe; Joseph Ier, empereur; le comte de Schulenburg; le cardinal de Portocarrero, etc. Onze pièces.

153. Personnages italiens divers. Dix pièces.

154. Sous ce numéro seront vendus une quantité considérable de Médailles et Monnaies en argent et en bronze, en lots.

---

155. Grand et beau Médaillier de style japonais, en bois noir. Haut. $1^m,84$; larg. $0^m,78$; prof. $0^m,38$; cent vingt-cinq tiroirs garnis d'étoffe rouge.

MIRE ISO N° 1
NF Z 43-007
AFNOR
Cedex 7 - 92080 PARIS-LA-DÉFENSE

BIBLIOTHEQUE

NATIONALE

DE FRANCE

****

CHATEAU

DE

SABLE

1996